HAIKUS AHRA 3

Eduardo Palop

© Haikus Ahra III
© Eduardo Palop
ISBN papel 978-84-686-3241-4
ISBN ebook 978-84-686-3242-1
Editado por Bubok Publishing S.L.
Impreso en España/Printed in Spain

A la mujer anciana
que le gustaría ser
una joven policía.

Decir mentiras,
mas no engañar con ellas.
Mendaz contrario.

No es tierra el fruto
pero sí sabe a ella.
Pez sí hace ola.

Besar el árbol,
apaciguar la savia.
Próspera actitud.

Sufrir es crecer,
si ves en el camino
desdén vencido.

Sentir humano:
queremos, no queremos.
Ser sin maquillar.

Querer ver sin luz;
si no hay duda no hay razón.
Tres sin tres, sí está.

Querer ser justo.
Saber del bien y del mal:
Pues teoría es.

Mirando al rostro
por si un alma cruzara.
Volar en suelo.

Números sin fin,
de infinito se salen.
Boca sin lengua.

Una palabra,
a ciegas una frase.
Callar es hablar.

Raíz grandiosa
para una larga vida,
por ser paciente.

El sol pesado
cuando el agua agoniza.
Tándem de oro.

Surca la envidia,
y aun con los remos rotos,
boga el hombre diez.

Tiempo no cambia,
grano y remolacha, sí.
Sentir desigual.

Pensar en lo alto.
Números son palabras,
si lengua ábaco es.

Ojos abiertos
por estupor dañino.
La paz los cierra.

Vida aquí y allá
para el cerrado suelo.
La muerte aún quieta.

Paraje sin dios,
fruta sin alta rama;
sabia natura.

Mi yo transcurre
ganándome a mí mismo.
Llanto y risa en mí.

Querer por querer;
amor en alma no está.
No amar es huir.

Podéis no verlo;
no verlo y sí sentirlo.
Anudadlo ya.

De odio y amor
hace su forma el hombre.
Figura laica.

Cielo y mar, azul.
Marrón la tierra y el pan.
Blanca la muerte.

Seguir al mando,
atrapar la voluntad.
Vale ella sola.

Cero, infinito,
uno, treinta, trillones.
Marea alta.

Mujer y hombre van
-confunden placer y amor-
de la mano al No.

Besar al niño,
acariciar su vida.
Trabajo hecho.

La vida es muerte,
vida en la vida importa;
la muerte es forma.

Primero el valor,
luego contar fortuna.
Después el miedo.

Vivos que enferman
en la vida aséptica.
Sana es la muerte.

Cuando ELLOS mueren,
de veras solo estás ya.
Eran tú mismo.

Señorial muerte
–infeliz no la abraza–
cuando pronta es.

El equilibrio,
ni construye ni alerta...
Es la salida.

La inteligencia
te conduce al paseo
de los veranos.

Siendo ordenado,
y aún el hombre sucumbe
ante la recta.

Lo espiritual,
de fuera adentro no va;
sale al encuentro.

Dentro en la nada
la nada no perece.
Prisión abierta.

La muerte es una
y ocurre una sola vez.
Larga es la trampa.

En la altura, paz.
De puntillas fruto y mar.
Tumulto al raso.

Pan es comida;
el aire vida traba.
Como y respiro.

No duele el dolor
porque viene de fuera.
Duele por raro.

Color se habla,
sentidos son sin mente.
Cuerpos de nada.

Observa cerca,
escucha con atención;
alerta el confín.

No existe el hombre,
solo señales vivas.
Proyecto a punto.

Vista aclarada,
la voz en cuarentena,
sabio ganado.

Raíz oculta,
oculto y abierto el yo.
Oculto empuje.

Venir sin estar;
se roba el hombre calor.
La vida muere.

Conciencia abierta
si eres tú quien la llama.
A otros mostrada.

El truco es nacer;
técnica abierta el morir.
Principio y fin cosidos.

La mente suda,
(solo así es carne mortal)
en cuanto sufre.

Día tras otro
el vegetal prosigue;
dos sendas toma.

Arriba y abajo
el vegetal se expande.
Cielo y tierra es.

Oro es llegada;
desencanto probable.
Carbón salida.

El infinito,
margen de especulación
sí traspasado.

Agua en alerta,
la tierra no descansa;
muerte no duerme.

El grano es raíz
de riqueza crecida.
La tierra es banco.

La noche brilla,
el día mate se alza.
Muerte ya gana.

El cuerpo enfermo,
el aguijón penetra.
Corto equilibrio.

No hay dos iguales,
parecido es cercano;
lo único es vulgar.

Promesa dada:
un prestamo sólido.
No cumple el polvo.

Última visión.
Recuerdo no es pasado,
pasado es nacer.

Cabeza arriba,
ideas han de andar.
Cansancio en tierra.

Cien mil especies,
millones de nacidos.
La muerte es docta.

El blanco y negro
a los moldes conforman.
Alta simpleza.

La luz, pulsante,
el latido cadente.
La vida es marcial.